FLEURS D'AVRIL

Roanne. — Imp. Vignal et Cie, place de l'Hôtel-de-Ville

FLEURS D'AVRIL

PAR

Mlle Emilie P.

LYON

CHEZ LES PRINCIPAUX LIBRAIRES

1872

A DES ENFANTS.

Enfants, aux doux regards, blondes têtes chéries,
Vous qui respirez la candeur,
Vous qui ne savez pas que les fleurs sont flétries
Avant le soir comme le cœur ;

Vous qui ne savez pas le secret de la tombe,
Vous qui croyez à l'avenir,
Ne me demandez pas, dans le gouffre où tout tombe,
Si vous devez un jour venir.

Ne me demandez pas pourquoi, si jeune encore,
Des pleurs souvent mouillent mes yeux ;
Moi, je suis dans la vie, et vous, à son aurore,
Et votre âme est encore aux cieux.

Ne me demandez pas pourquoi mon front morose
Est souvent plissé par l'ennui ;
Vous le saurez plus tard. Enfants, c'est triste chose
Qu'un songe heureux évanoui.

Ne me demandez pas pourquoi votre sourire
Ne fait pas éclore le mien ;
Pourquoi, quand vous jouez, tristement je soupire.
Enfants, je ne vous dirai rien.

Je ne vous dirai pas que la vie est amère,

Que le bonheur n'existe pas;
Vous avez pour soutien le cœur de votre mère
Et sa main pour guider vos pas.

Je ne vous dirai pas que l'amour est un rêve,
Que la gloire est un mot trompeur,
Un songe fait par l'homme et que la mort achève
Quand elle vient glacer son cœur.

Je ne vous dirai pas qu'au chemin de la vie
On cueille des fleurs sans remord,
Mais que, pauvres enfants, sous la rose fleurie;
Se trouve le serpent qui mord.

De la douleur, enfants, ne cherchez pas les causes.
Restez gais et naïfs encor.
Recommencez vos jeux, allez cueillir les roses,
Les bluets et les boutons d'or.

Allez, libres, joyeux, courir dans la prairie,
Poursuivre les papillons bleus ;
Voyez, le ciel est pur et la plaine est fleurie;
Enfants, continuez vos jeux.

Aimez bien vos parents, soulagez la misère
De celui qui n'a pas de pain.
Demandez au bon Dieu de garder votre mère
Et ne quittez jamais sa main.

Enfants, en grandissant, devenez bons et sages,
Aimez à former votre cœur,
Montrez-vous courageux quand viendront les orages,
Et soyez forts dans la douleur.

Février 1871.

L'ENFANT EST MORT.

(Imité de l'allemand.)

L'ENFANT est mort.... Hélas ! la mère
Assise et penchant son front lourd
Sous le poids de sa peine amère,
Pleure la nuit, pleure le jour.

Pâle et sa robe aux flancs collée
Apparaît l'ombre de l'enfant.
« Couche-toi, mère inconsolée,
« Ne pleure plus, Dieu le défend.

« De tes chères larmes, mon lange
« Tout transpercé, glace mes os.
« Et dans son petit lit, ton ange
« S'agite et n'a pas de repos. »

Il dit... La vaporeuse forme
S'évanouit... « O doux Jésus !
« Je veux que mon cher petit dorme. »
Et la mère ne pleura plus.

LES TROIS COMPAGNONS.

(Imité de l'allemand.)

Trois beaux garçons, fleurs de jeunesse,
Gais et rieurs passent le Rhin.
Ils arrivent chez une hôtesse
En chantant un joyeux refrain.

Bière forte et vin qui pétille,
Holà! l'hôtesse ! en avez-vous?
Où donc est votre jeune fille,
Votre mignonne aux yeux si doux ?

Mon vin sous le bouchon pétille,
Ma bière écume jusqu'au bord,
La mignonne aux yeux doux, ma fille
Est là-haut dans son lit de mort.

Tous trois montent à la chambrette,
Leurs yeux sont près de se mouiller ;
Sur sa couche blanche et proprette,
L'enfant semble encor sommeiller.

Le premier, d'une main tremblante,
De l'enfant découvre les traits:
Si tu vivais, ô ma charmante,
« Dès aujourd'hui, je t'aimerais. »

Le second remet le suaire
Sur elle et se prend à pleurer.
« Cher ange envolé de la terre,
« En secret j'ai su t'adorer. »

Le troisième, penché sur elle,
Baise sa bouche et ses yeux lourds :
« Je t'aimai, je t'aime, ô ma belle,
« Je t'aimerai toujours, toujours. »

Décembre 1871.

M'AIMEZ-VOUS ?

PROMETTEZ-MOI de me répondre
Si j'interroge votre cœur,
Et puisse le ciel vous confondre,
Si vous osez être menteur !
Est-ce à moi que votre pensée
S'adresse à chaque instant du jour ?
Et, quelle image est caressée,
La nuit, dans vos songes d'amour ?

M'aimez-vous assez pour me dire :
« Je ne veux être plus qu'à toi,
« Pour toi seule mon cœur soupire ? »
Si c'est cela, dites-le-moi.
Soyez franc, je vous en conjure,
Car d'avance je vous absous ;
Voyez, je suis à la torture,
Dites, de grâce, m'aimez-vous ?

Août 1871.

SI J'AVAIS TOUT.

Si j'avais les parfums que garde l'Arabie,
Si j'avais les trésors cachés au fond des mers,
Si le plaisir, toujours, rayonnait sur ma vie
Sans amener jamais les désespoirs amers;

De l'univers entier si j'étais souveraine,
Si je voyais les fronts se courber devant moi,
Si les plus orgueilleux me proclamaient leur reine,
Je dirais, te montrant : Peuples, voilà mon roi !

Si les vents, la nature et les astres sans nombre,
Si les mers, si le ciel, si le soleil de feu,
Dociles à ma voix faisaient le jour ou l'ombre,
Je dirais, te montrant : Astres, voilà mon Dieu !

S'il me fallait quitter, pour avoir ta tendresse,
Ces trésors, ces plaisirs inconnus ici-bas,
S'il me fallait passer mes jours dans la tristesse
Pour avoir ton amour, je n'hésiterais pas.

Mai 1871.

MOI PARTOUT ET TOUJOURS.

Si dans les bruits de la nature,
Dans ses concerts mystérieux,
Vous entendez un doux murmure
Venant de la terre ou des cieux ;
Si ce doux murmure, en ton âme
Rappelle l'amour et la foi,
Ami, garde bien cette flamme,
Ce murmure ce sera moi.

Si vous voyez le soir, dans l'ombre,
Briller au firmament obscur,
Une étoile dans la nuit sombre,
Et qu'elle ait un éclat plus pur ;
Si cette étoile solitaire
Semble fixer son œil sur toi,
Ami, comprends ce doux mystère,
Cette étoile ce sera moi.

Lorsque bercé par un doux songe,
La nuit, dans les bras du sommeil,
Tu souris à quelque mensonge
Sans penser au triste réveil ;
Si tu vois une ombre plaintive
Sourire en se penchant vers toi,
Ami, cette ombre fugitive,
Ce fantôme ce sera moi.

Si dans une vaste prairie,
Tu vois parmi toutes les fleurs,
Une fleur plus épanouie,
Plus odorante que ses sœurs,
Ami, cette fleur printanière,
Elle ne fleurit que pour toi ;
Tu peux la cueillir sans mystère,
Car cette fleur ce sera moi.

Si tu sens une tiède brise
Qui rafraîchit ton front brûlant,
A l'heure où la flamme indécise
Du soleil se perd au couchant ;
Si ce zéphyr avec tendresse
Vient soupirer autour de toi,
Cette brise, qui te caresse,
Ami, n'en doute pas, c'est moi.

Si tu sens qu'un ange invisible
Marche à ton côté chaque jour,
S'il rend ton âme plus paisible,
S'il apporte à ton cœur l'amour ;
Si cet ange, que Dieu lui-même
A créé pour veiller sur toi,
Si cet ange te dit : Je t'aime,
Ami, c'est moi, c'est toujours moi.

Décembre 1870.

SI JE VOULAIS !...

Sais-tu bien, mon ami, que si j'étais frivole,
Je pourrais, d'un regard, d'une seule parole,
Faire venir à moi
Ces hommes qui souvent m'obsèdent de leur flamme !
Mais non, je ne veux pas inquiéter ton âme,
Car je n'aime que toi.

Ami, de cet amour je suis heureuse et fière,
Moi, qui n'ai jamais pu courber ma tête altière
Sous le joug de l'amour,
Je me sens devant toi soumise et caressante
Comme un petit enfant, et mon âme impuissante
T'appartient sans retour.

Fais ce que tu voudras de ce que je te livre ;
Dis-moi qu'il faut mourir, ordonne-moi de vivre,
Va, je t'obéirai.
Sans plaintes, si tu veux, je quitterai la vie,
Si je n'ai ton amour, il n'est rien que j'envie ;
Tranquille je mourrai.

Si tu brisais mon cœur par un dédain farouche,
Et si ce mot cruel s'échappait de ta bouche :
« Je ne vous aime pas, »
Je t'aimerais toujours, mais mon âme, blessée
D'un trait mortel, verrait, sans en être froissée,
S'avancer le trépas.

Mais tu ne diras pas ce mot que je redoute,
N'est-ce pas ? et bientôt tu me diras : Ecoute,
Enfant, approche ici !
D'un lien éternel, unissons nos deux âmes,
C'est toi que j'ai choisie entre toutes les femmes,
Je t'aime bien aussi.

Comme il me serait doux de te voir me sourire !
Qu'il serait doux de voir de ton cœur en délire
S'échapper cet aveu !
Oh ! je donnerais tout pour ce moment d'ivresse !
Ami, si tu savais répondre à ma tendresse,
Je te ferais mon Dieu.

Décembre 1871.

RÊVES AMBITIEUX

(Imité de J. Soulary)

Si j'avais un arpent de terre,
Avec un tout petit ruisseau,
Je bâtirais une chaumière,
Je planterais un arbrisseau.

Un nid fait de mousse légère
Retiendrait un gentil moineau ;
Je placerais un doux berceau
Sous mon toit couvert de fougère.

De mon ami prenant la main,
Je lui dirais : « Sur le chemin
Regarde où ton ombre s'arrête. »

Là je borne mon horizon,
Et le bonheur dans ma maison
Près de nous a sa place prête.

Avril 1871.

SI VOUS SAVIEZ.........

Si vous saviez m'aimer comme je le désire,
Si vous pouviez savoir combien est grand l'empire
Que vous avez sur moi,
Si vous compreniez bien tout ce que je veux être,
Oui, vous consentiriez, avec bonheur peut-être,
A devenir mon roi.

Si dans mon pauvre cœur, ami, vous pouviez lire,
Oh ! si vous deviniez jusqu où va mon délire
Lorsque je pense à vous,
Vous m'aimeriez alors, ô mon souverain maître,
Car l'amour veut l'amour et vous voudriez être
Toujours à mes genoux.

Mais, vous ne savez rien, je ne veux rien vous dire,
Car vous, l'homme rêveur, vous n'auriez qu'un sourire
En voyant mes combats ;
Peut-être du dédain pour ma folle tendresse.
Ah ! ne dissipez point mon erreur, mon ivresse,
Si vous ne m'aimez pas.

Laissez-moi croire encor que vous êtes sensible,
Dites que vous m'aimez d'un amour indicible,
Malgré qu'il n'en soit rien ;
J'ai besoin de cela pour supporter la vie.
Cette feinte pieuse à mon âme ravie
Doit faire tant de bien !

Juin 1871

NE LES CROIS PAS.

Ne crois pas les jaloux qui sont venus te dire :
Elle n'a pas de cœur, son perfide sourire
Cache la trahison.
Elle dit vous aimer ? Ne soyez pas crédule,
Cette femme vous trompe, elle ment sans scrupule
Et nous avons raison.

Oh ! non, ne les crois pas, car ce sont des infâmes
Ceux qui disent cela, voulant briser nos âmes
Par un doute odieux.
Tu sais bien que je t'aime, et s'il faut te le dire
Autant de fois par jour que je vois et respire,
Si tu le veux, je le veux.

Au trouble de mon cœur, je comprends que je t'aime
Autant qu'un roi pourrait aimer son diadème ;
George, je t'aime encor
Autant que le guerrier recherche la victoire,
Autant que le génie aime et rêve la gloire,
Et l'avare son or.

Oh ! je t'aime, vois-tu, d'un amour qui dévore ;
Comme on aime le ciel qu'un jour naissant colore
D'une teinte de feu.
Je t'aime autant qu'on peut aimer en cette vie,

Autant qu'on doit aimer dans la sainte patrie,
Autant qu'on aime Dieu.

Je voudrais mille voix pour te le dire encore
Et de l'aurore au soir et du soir à l'aurore,
Comme un hymne sans fin,
Ce mot toujours nouveau, quoique redit sans cesse,
Ce mot qui comprend tout : joie, avenir, tendresse,
Comme un livre divin.

Si ton cœur est sensible à cet aveu sincère,
S'il m'aime aussi d'amour, je n'ai qu'une prière
A faire chaque jour,
C'est que toujours, ami, nous puissions dans notre âme
L'un et l'autre garder intacte cette flamme,
Ce noble et pur amour.

Janvier 1871.

PARDONNE-MOI.

GEORGE, pardonne-moi si parfois je t'oublie,
Mais je suis loin de toi, chancelante, je plie
Sous le souffle du vent.
Va, je t'aime toujours, mais mon âme isolée
Sent parfois le besoin d'être un peu consolée ;
Je souffre si souvent !

Quand, par des mots d'amour dits tout bas à l'oreille,
On cherche à ranimer mon âme qui sommeille,
J'écoute ce discours,
Je voudrais y répondre avec plus de tendresse
Et je voudrais aimer celui qui me l'adresse ;
Mais je t'aime toujours.

Je l'aime pourtant, lui, mais le dire, je n'ose ;
Au moment de l'aveu ma bouche reste close,
C'est ainsi chaque jour.
Ami, ces deux amours, tu sauras le comprendre,
Ne se ressemblent pas ; à lui l'amitié tendre,
Mais à toi seul l'amour.

Ne sois donc pas jaloux si l'on venait te dire :
Un autre a pris son cœur, ses baisers, son sourire ;
O George, n'en crois rien !
Du plus petit soupçon je serais offensée,
Je t'aimerai toujours, à toi seul ma pensée
Toi seul es tout mon bien.

Juin 1871.

A Mr J. S.

Oh ! vous êtes cruel d'aviver ma souffrance,
Pourquoi me rappeler ce triste souvenir ;
Qu'en retirerez-vous ? Je le pressens d'avance,
Et de vous en parler c'est par trop me punir.

Vous avez cru toujours que mon âme était pure,
Que mon cœur vierge encor ne savait pas l'amour ;
Pourquoi vouloir sonder la profonde blessure
Qu'un homme sans honneur osa me faire un jour ?

Mais vous le désirez, j'obéis sans murmure,
Quitte à ne plus vous voir après ces durs aveux ;
Je vous regretterai, d'avance je l'assure,
Ne voulant pas rougir, vous aurez mes adieux.

Croyez-le, pour ce mal il n'est pas de remède,
Rien ne peut ranimer mon cœur qui se flétrit ;
Mais si vous le voulez, allez, que Dieu vous aide,
Et versez en mon sein le baume qui guérit.

Vous dont le cœur si bon fait l'amitié si chère,
Je n'aurai désormais plus de secrets pour vous ;
Et ce cœur généreux pardonnera, j'espère,
Et quand je vous verrai, cet instant sera doux.

Oh ! je me souviendrai, tant que j'aurai la vie,
Du jour qui m'enleva l'espérance du cœur ;

Ce triste souvenir dès-lors m'a poursuivie,
J'ai mis un voile noir sur ce jour de malheur.

Je ne veux plus l'aimer, je veux fermer mon âme
A cet homme sans cœur qui ne m'aima qu'un jour,
Pour ne l'ouvrir dès-lors qu'à la divine flamme
D'une douce amitié plus sûre que l'amour.

Juillet 1871.

A UN FACHEUX.

Cessez de me poursuivre en vain de votre flamme,
Jamais vous n'obtiendrez de moi des mots d'amour;
Allez faire l'aimable auprès d'une autre femme
Et perdez tout espoir de me gagner un jour.

Car mon cœur est donné. je ne puis le reprendre ;
Celui qui le possède a su le conquérir,
En me parlant en maître et me faisant comprendre
Qu'il était le plus fort, et je veux obéir.

Vous trouvez, dites-vous, que mon cœur est de glace,
Que je reste insensible à vos marques d'amour ;
Oh ! non il ne l'est pas, car pour *lui* quoi qu'il fasse,
Je reste caressante et l'aime sans retour.

Vous vous consumeriez en efforts héroïques,
Et *lui* m'abreuverait chaque jour de douleur,
Que je dédaignerais vos offres magnifiques
Pour donner à lui seul tout l'amour de mon cœur.

Pour *lui* je veux garder mes trésors de tendresse ;
Vous, vous me trouverez plus froide chaque jour.
Je préfère son cœur à toutes vos richesses,
Car je ne pourrais vivre heureuse sans amour.

Mai 1871.

A UN FACHEUX.

(Suite)

Comment ! je vous ai dit l'autre jour que mon âme
Etait froide pour vous, et votre vaine flamme
M'obsède chaque jour !
Vous ne comprenez pas, rien ne vous décourage
Et vous ne voulez pas entendre mon langage
S'il ne parle d'amour.

Et lorsque vous venez chanter à mon oreille
Un peu sur tous les tons : « Vous êtes sans pareille,
Et je n'aime que vous, »
Je ris de cet aveu, rien ne vous déconcerte ;
J'ai pitié de vous voir, hélas ! en pure perte
User vos deux genoux.

Comprenez-moi donc bien, n'ayez plus d'espérance
Et que ce soit fini ; voyez mon impuissance
A répondre à vos feux.
Mon cœur est pris ailleurs et j'en suis toute heureuse,
De garder cet amour, allez, je suis soigneuse ;
Nous sommes si bien deux !

C'est donc bien entendu, vous me laisserez vivre
Comme je le voudrai, sans chercher à me suivre,
Sans entraver mes pas.
Je vous l'ai déjà dit (je vous peine peut-être,
Mais vous l'avez voulu), j'ai pris un autre maître
Et ne vous aime pas.

Août 1871.

EST-CE VOUS ? EST-CE LUI ?

Est-ce vous ? Est-ce lui pour qui mon cœur soupire ?
De grâce, éclairez-moi sur l'état de mon cœur,
Car auprès de tous deux mon âme est en délire
Et je me sens brûler d'une indicible ardeur.

Pour lui, j'abdiquerais mon titre de poète,
Et je renoncerais aux lauriers du vainqueur.
Mais pour vous, qui voulez les placer sur ma tête,
Je voudrais les gagner au prix de mon labeur.

Quand je suis près de vous, mon âme est enivrée ;
Quand je suis près de lui, je me sens défaillir ;
Quand je ne vous vois pas, je suis désespérée,
Et s'il est loin, je sens la douleur m'assaillir.

Vous du matin au soir, lui du soir à l'aurore,
Non tous deux à la fois, je voudrais vous avoir ;
Lui dire : Je vous aime, et vous le dire encore,
Et dans vous et dans lui, mettre tout mon espoir.

Ne soyez pas jaloux si tous deux je vous aime ;
Tous deux, également, vous remplissez mes vœux
Et, je vous le demande en mon ardeur extrême,
Pour faire mon bonheur, aimez-moi tous les deux.

Avril 1871.

NE M'AIMEZ PAS.

Vous qui pouvez encore être heureux sur la terre,
Qui sentez votre cœur encore plein d'amour,
Oh ! ne m'adressez pas vos vœux, votre prière,
Car je ne pourrai rien vous donner en retour.
De mon âme déjà la flamme est apaisée,
Je n'ai plus dans le cœur que des cendres. Hélas !
Je n'aimai qu'une fois et l'amour m'a brisée.
Je ne veux plus aimer, alors ne m'aimez pas.

Oh ! laissez-moi pleurer ma jeunesse flétrie,
Laissez-moi regretter mes beaux jours disparus ;
Vouloir forcer mon cœur, ce serait barbarie.
Ne me demandez rien, vous auriez le refus.
Laissez-moi m'exiler de ce monde où tout passe,
L'amour, comme les fleurs, brille un jour sous nos pas.
Ne me dites plus rien, oubliez-moi, de grâce ;
Je ne puis vous aimer, alors ne m'aimez pas.

L'ABIME.

AH ! ne soufflez pas sur la cendre
Qui désormais remplit mon cœur :
Dans ce gouffre on ne peut descendre
Pour en sonder la profondeur.
J'ai peur qu'au contact de votre âme
Ce cœur ne vienne à s'embraser ;
J'ai peur que votre ardeur l'enflamme
Et le brûle dans un baiser.

Ce fut un foyer d'incendie,
Jadis l'amour l'a consumé ;
La lave à peine est refroidie,
Le feu peut être ranimé.
Mais comme un volcan qui dévore
Et dans lequel tout disparaît,
Mon cœur s'embraserait encore
Et sa flamme vous brûlerait.

Laissez plutôt tomber la glace
Sur ce cœur, hélas ! trop brûlant ;
L'amour n'y doit plus trouver place,
Car l'amour l'a laissé sanglant.
La sève est tarie à la plante ;
De tout elle subit le sort ;
Eloignez l'étincelle ardente,
Car le feu prend vite au bois mort.

Août 1871.

VOUS ME REGRETTEREZ.

Adieu! tout est fini, plus de joie en ce monde;
Ingrat, vous m'enlevez tout espoir de bonheur!
Pourtant, soyez heureux et qu'une paix profonde
Accompagne vos pas et règne en votre cœur!
Je vous croyais sincèreet j'en étais charmée,
J'espérais vous tenir par un tendre lien,
Mais je vois que jamais vous ne m'avez aimée,
Vous me regretterez, car je vous aimais bien.

En vous j'avais placé ma plus chère espérance;
Vous étiez tout pour moi, vous étiez mon trésor.
J'aurais livré pour vous jusqu'à mon existence
Et, si vous le vouliez, je le ferais encore.
Il m'en souvient, jadis vous me disiez: Je t'aime!
Vous ne pensiez qu'à moi; le reste n'était rien.
Et maintenant, malgré qu'il n'en soit plus de même,
Vous me regretterez, car je vous aimais bien.

Pour perdre votre amour qu'ai-je donc fait de grave?
Pour quel crime ai-je dû subir votre courroux?
De vos désirs toujours ne fus-je pas esclave?
S'il me faut un pardon, je l'implore à genoux.
Mais non, je ne crois pas avoir pu vous déplaire;
L'inconstance, chez vous, fait que vous n'aimez rien.
Encor que vous ayez un caprice éphémère,
Vous me regretterez, car je vous aimais bien.

Adieu, tout est fini, je reste malheureuse;
Je ne veux pas troubler votre nouvel amour.

Oubliez qu'un instant par vous je fus joyeuse;
Oubliez que mon cœur vous suivra chaque jour.
Pour moi, par la douleur ma jeunesse est flétrie;
Gardez votre repos, même aux dépens du mien.
Pourtant quand le chagrin brisera votre vie,
Vous me regretterez, car je vous aimais bien.

Celle que vous aimez est sans doute plus belle,
Ah ! je n'en doute pas ; mais vous n'aurez jamais
Une femme plus tendre et surtout plus fidèle,
Un cœur qui vous aimât comme je vous aimais.
Vous ne trouverez pas cet amour sur la terre,
Il n'en existe pas d'aussi vif que le mien;
Et vous lassant bientôt d'une ivresse éphémère,
Vous me regretterez, car je vous aimais bien.

Lorsque vous trouverez qu'une foi mensongère
Ne peut pas contenter vos désirs insensés,
Et lorsque votre cœur, isolé sur la terre,
Soupirera tout bas, songeant aux jours passés,
Si vous me revenez disant encor : Je t'aime,
Loin de toi j'ai souffert et je ne veux plus rien
Que ton cœur pour abri dans ma tristesse extrême,
Je vous pardonnerai, car je vous aimais bien.

J'oublirai tout alors, et votre indifférence,
Et l'abandon cruel qui me fait tant souffrir,
Si votre repentir appelle ma clémence,
Si vous avez encor de l'amour à m'offrir,
Si par vos soins constants vous calmez ma tristesse,
Alors mon cœur joyeux reprendra son lien.
Oh ! je vous donnerai des trésors de tendresse,
Car je me souviendrai que je vous aimais bien.

Février 1872.

LE PRISONNIER.

Quatre murs froids et nus, la fenêtre grillée.
Une chaise boiteuse et toute dépaillée,
Une planche pour lit couverte d'un lambeau,
Une cruche de grès pleine d'une eau fétide,
Un morceau de pain noir, dur, au goût insipide:
Voilà donc la prison qui lui sert de tombeau !

Un rayon de soleil jamais ne trouve place
A travers les barreaux, dans cet étroit espace ;
Pour le pauvre captif la nuit dure toujours,
Et s'il ne peut dormir, combien est longue l'heure
Quand il vient à penser à celle qui le pleure
Et qui dans la douleur doit consumer ses jours!

Et toi, George, à présent, voilà donc ton partage,
Depuis quinze grands jours tu languis dans les fers !
Oh ! je te vois de là blasphémer avec rage
Ou bien, triste, abattu, verser des pleurs amers.

Va, jamais un instant je ne te crus coupable,
Mon cœur a trop d'amour pour t'insulter ainsi ;
Tu n'es que malheureux, et je me sens capable
De t'aimer encor plus, de le prouver aussi.

Si je pouvais aller, comme fait l'hirondelle,
Voltiger à l'entour de cette citadelle

Où tu languis, captif, triste. éloigné de moi !
George, s'il en vient une auprès de ta fenêtre,
Accueille cette amie, elle viendra peut-être
Te dire de ma part : « Je me souviens de toi. »

Oh ! que tu dois souffrir dans cette chambre humide,
Où l'on respire à peine un air lourd et fétide ;
Combien tu dois gémir de ne plus voir le jour !
Ah ! s'il m'était permis d'aller prendre ta place,
J'y courrais avec joie et ne voudrais pour grâce
Que de te voir garder pour moi tout ton amour.

Si je pouvais agir sur notre destinée,
Si pour changer son cours, force m'était donnée,
Je ferais tout, ami, pour t'épargner les pleurs.
Pour ton plus grand bonheur j'arrangerais les choses ;
Et comme on voit toujours l'épine sous les roses,
Je garderais l'épine en te laissant les fleurs.

Mais je suis impuissante et ne puis que te dire
Que mon cœur est à toi, comme au roi son empire ;
Fais ce que tu voudras du don que je te fais,
Tu ne douteras plus maintenant que je t'aime.
..... Mais tu souffres captif, et mon amour extrême
Ne peut te rendre libre..... Oh ! si je le pouvais !

28 Mai 1871.

SON PORTRAIT.

Je l'ai là, sous les yeux, son image adorée ;
Jour et nuit ce trésor répose sur mon cœur,
Dernier gage d'amour..... A moi-même livrée,
Cette image à présent console ma douleur.

Près de mon talisman, une longue soirée
Passe bien vite encor ; car un charme trompeur
Fait croire par moments à mon âme enivrée
Qu'il m'entend et répond d'un ton plein de douceur.

C'est lui, ce sont ses traits ; c'est son regard qui jette
En moi, comme autrefois, un trouble intérieur ;
C'est son beau front pensif, son sourire moqueur;

C'est son air noble et bon. Mais combien je regrette !
Ce n'est pas encor lui, je ne sens pas son cœur ;
Ce n'est pas encor lui, car sa bouche est muette.

Mai 1871.

SES LETTRES.

Dans mes instants de noire humeur,
Je revois ses lettres chéries ;
Ces pages. par le temps flétries,
Font encore battre mon cœur.
Quand je les lis d'un œil avide,
Il me semble le voir venir ;
J'étends les bras pour le saisir,
Mais je ne presse que le vide.

Douces pages du temps passé,
Faut-il vous conserver encore
Ou que la flamme vous dévore ?
Comme un souvenir effacé
Vous ressuscitez nos amours
Et ce temps, qu'à présent j'envie,
Vous me rattachez à la vie,
Ah ! près de moi restez toujours.

Novembre 1871.

NE PLUS LE VOIR !

Il est loin, il est seul, il est souffrant peut-être,
Et je ne puis, hélas ! aller le secourir ;
Lui que j'aime pourtant, lui mon souverain maître,
Sans me serrer la main devra-t-il donc mourir ?

Quand je songe à cela, tout frémit en mon être,
Et je souffre en mon cœur tout ce qu'il doit souffrir.
J'en veux ma part pourtant, il doit bien me connaître ;
Je l'aime... bien qu'il n'ait que des pleurs à m'offrir.

Oh ! vivre près de lui, porter aussi ses chaînes,
Partager entre nous le fardeau de ses peines,
Serait pour mon amour bien léger et bien doux.

S'il mourait loin de moi, ne pouvant lui survivre,
Seule ici, ne voyant que la mort entre nous,
Je prierais Dieu tout bas de me laisser le suivre.

19 Décembre 1871.

FIN.

www.ingramcontent.com/pod-product-compliance
Ingram Content Group UK Ltd.
Pitfield, Milton Keynes, MK11 3LW, UK
UKHW022140260726
13993UKWH00005B/2066

9 782329 094625